遠《たう》野《の》集《しう》

定本・犀星句集

遠野集――目次

覆刻

遠野集

序

風呂桶に犀星のゐる夜寒かな

竜之介

集中もつとも古い句は十七才の折の「蒲公英の灰あびしまま咲きにけり」にはじまり、「木枯や別れてもなほ振り返る」にいたる四十何年間暇あれば作句に従つて来たものの、次第に俳句にかたが出来、下五文字の置き方にも、決つた見栄《みえ》が生じ、背丈《たけ》にも、はばにも、うごきのとれないやうな窮屈さが感じられた。そのため素直に作句にはいることが出来なくなり、俳句に遠のくやうな或る時期があるやうになつた。作句に遠のくことは、俳句をおもふこと切なる時が多い、こんな悲しいかたのある世界にはいりかけてゐることは、まつたく自らをいましめることを怠つたためであらう。

俳句といふものには底がない、また、その底をつかもうとする構へをもつてしてもそれはつねに無駄なことに終るらしい、何処まで行つても、素直な世界をうしろにしては、この境の何物もくみ取れないからである。様々な心の持ち方の経験からいつても、十七才の折の作句の心がけ以外には、すがつて学ばうとは思はない、こゝまで来て見ると芭蕉といふ人の多技秀才にはまつたく敬服される。あれほど豊かな胸のうちは、たとへば野の賑つた或る一処を見るやうで、その美しさには手がつけられないまで、複雑な花や草がその心の隙間に詰め込まれてゐる。どこをほぐして見ても、それがすぐれざるはなき比類ない世界であつた。

「犀星発句集」（野田書房刊）「犀星発句集」（桜井書店発行）の二巻が十年を前後して出版されてゐるが、それらの集句はその刊行ごとに取捨撰択が行はれ、「遠野集」までにすでに大部分をすてた。こんどの「遠野集」は最後の句集であるため、作句の生ひ立ちをふたゝび眼で見、心にあたらしく感じるのと同じ立場に置かれるので取捨もきはめて自然になされた。俳句はどこまで行つてもきりがなく、その行き方も私にはもう道が尽きてゐることだけが、この「遠野集」の果に見られて、道の尽きてゐることを知つたのは何より俳句といふものを知つた証拠であるやうに思えた。この外に知ることはない。

なほ本集の墨書原稿は昭和十二年の冬に、信州軽井沢の宿でこつこつ書いた物で、その当時から墨書きの書物を思ひ立つてゐたが、機会がなく今日に至つたものである。

昭和三十四年仲春

著者

目録

夏

秋

冬

目録　二十一

新年

装幀・題字

著者

春

春の山

春の山らくだのごとくならびけり

朝鮮にて

立春

七日あまりうぐひすなきて春立ちぬ

飛は酒にいつか春日はさしにけり

春立や坂下見ゆる垣はひま

冴え返る

筆えらぶ店さきにゐて冴え返る

麗か《うらゝか》な砂中にぼうふう掘りにけり

余寒

枝のとがりにさはるにあらぬ余寒かな

ひなどりの羽根ととれはぬ余寒かな

ひそと来て茶いれるひとも余寒かな

日はありて余寒しみぬく松葉かな

残雪

藪に中のひと町つゞき 残る 雪

雪凍てて垣根のへりに残りけり

春もやや

春もやや亘亘れはだら雪

雪ぶろと言ひしばかりの人しづか

雪解

炭俵に烏樟《くろもじ》匂ひ雪解かな

春雨

枯草にながれ脈ふ春の雨

淡雪

あはゆきとなろひいなの夕ぐもり

あはゆきれ春々めぐりやつれけり

陽炎

葱の皮はがれしままにかぎろひぬ

馬之村

日永

をとめごの菜引き見てゐる日永かな

摘草

春あさく巷《まち》の女《め》ながら摘むものか

春あさく

春あさくわが娘《こ》のたけに見とれける

書深く春はねむるか紙しばみ

春の夜

春の夜の乳ぶさもあかねさしにけり

同

はしけやし乳《ち》房《ち》もねむらむ春の夜半

蝶

蝶の腹やさしくは見ゆ歯朶の上

同

蝶の羽のこまかくふろえ交りけり

春蟬

書深き春蟬の町に入りにけり

梅の花

教科書まとめしまひつ梅の花

庭《には》さきや朝飯こげて梅の花

藁屋根にはだら雪見ゆ梅の花

梅の束もたらせてある茶棚かな

紅梅

紅梅《うめ》生けるをみなの腰の美しき

同

紅梅さげしをみなに道をたづねけり

蕗の薹

枯笹や氷室のあとの蕗の薹

古垣の縄ほろと落つ蕗の薹

ひこばえ

ひこばえに恩をいふてわかれけり

それかみのひとおもほゆるひこばえに

蒲公英

乳吐いて蒲公英の茎折れにけり

蒲公英の灰あびしまま咲きにけり

木の芽

山深くなり芽立ちまばらなる

わらび

峠路や　ゆらびたけてぼうぼうは山

桃の花

干鰈 桃散る里の 便かな

桃つぼむ 幼稚園まで つきそひし

山吹

ふるさとや　白山吹は町はずれ

餅草

餅ぐされにほふ蓆をたゝみけり

土筆

瓦屑起せぞほめく　土筆かな

すみれ

壺すみれ茶をのむ莚しきにけり

背戸べりに菫ならびつ　故山なる

いつしかに旅順に菫匂ひけり

はたはた
はたはた干し日の永さを知る

花杏はたはたやけぞかすみけり
金澤にて

頬白

頬白や耳からぬけて枝うつり

芽ぐむ

ほそぼそと荒野の石も芽ぐみけり

満州にて

花ちる

花あそれ泥鰌とあそぶ　岑沼

行春

行春や輪木れのこる手毬唄
おそはろの雀のあたま焦げにけり

行春や　菫をかこふひとところ

輕井沢

夏

夏めく
靴音の記者は乙女か夏めかせろ

短夜

近江らしく水光りゐて明けやすき

日盛

屋根瓦こけにうもれつ日は盛り

追分

ゆとん

渋ゆとんくちなしに花うつりけり

蟬

蟬ひとつ幹にすがりて鳴かずけり

かたちのげやとくさつらなるせみのから

螢

螢くさきひとれ手をかぐ夕明り

螢かご入日に裼しあはれがる

栗

柴栗の柴もみいでて栗もなし

朝々や栗ひらふ庭も寺となり

蝸牛

蝸牛や角ではかきる曇かな

兜蟲

炎天や瓦をすべる兜蟲

蟻ぢごく

晝深くありはぢごくれづきけり

鮎

鮎をやく山ぞとならぞ寒ぅらん

馬蝿

馬蝿に鏡をすべり飛びにけり

かいつむり
波もない潟がくれるよかいつむり

青梅

炭ついで青梅見ゆる寒さかな

湯が島

龍之介忌

煤けむり田端にひかふ螢かな

足袋白く埃をさけつ大暑かな

畫顔

晝顔に浅間砂原あはれなり

鬼灯

鬼灯がいくつ色づく堮のかげ

芭蕉

東《ひんがし》に芭蕉の花の向きにけり

齒朶

晴れあがる雨あし見えて齒朶明り

若葉

わらんべに湊 もわのぞをうつしけり

若葉

をみなごの顔剃りせつる若葉かな

あやめ

綜まきに糸まぎれゐる　あやめかな

杏

杏あまさうな人は睡むさうな

杏ほたほたになり落ちにけり

秋彼岸

秋彼岸や經ゆきもどり日もすがら

秋近

竹の幹秋近き日ざし辷りけり

秋めく
人づてとなきくれぐれは秋めきて

秋

秋の野

秋の野に家ひとつありて傾けり

山中秋

山中やただにおもふも人れうへ

秋あをれ山べに人れあと絕ゆる

秋夕

道絶えて人呼ぶこゑや秋夕

秋の日

背掛や秋日にのびる馬の顔

秋の日や埃くもれる古すだれ

秋

朝け茶はたれにまつらん朝ほがひ

朝寒

朝寒や幹をはなるる竹の皮

夜寒

鯛の骨たたみにひらふ夜寒かな

秋の水

とんぼうれ羽の紋すいて秋の水

跛ひいていなごは縁にのがれけり

いなご

秋の蛍

焼砂に細る、秋の蛍かな

山蛍とべれあらしに消へにけり

渡り鳥

茶どころの花つけにけり渡り鳥

きりぎりす
夜のあかりととかぬ畝やきりぎりす

きりぎりすはたとやみけり畝の径

きりぎりす夜明くる雨戸明りかな

明けかゝる高窓ひくやきりぎりす

軽井沢　四句

小春

塀ぎはに蒴萸のしろき小春かな

水引草

日の中に水引草は透りけり

水引にたたみにつやにうつりけり

いとど
行きもどり驛れいとどれ絶えにけり

秋蟬

秋蟬のあかるみ向いて啞かな

萩

手に萩のこぼれをさきへ活しけり

萩

離れにて縫物ひろげ　萩は花

菊

菊は白くしぐれとけあふ厨かな

豆の花

道のべは人は家に入り豆は花

秋の暮

馬ひ子はつながで行くよ秋の暮

冬

木枯

木枯や別れてもなほ振り返る

山眠る
墨匂ふ漢れ山々眠りけり

山中
障子洗ひ山々のかつれ見えにけり

霙

しめなはれ北なびきする霙かな

初冬

初冬や夜木にかはく蟇の音

寒の水

寒の水　餅をひたして　たくはへぬ

霜夜

きざ柿れしぶれもどれる霜夜かな

霜

燐寸買ふ霜ふけし家の鄰かな

竹は葉や垂れてうごかぬ霜ぐもり

冬に入る

つるぎ研ぐ白きにごりも　冬に入る

冬ごもり

烏瓜冬ごもる屋根にのこりけり

とくさ

とくさまつすぐな冬され深さよ

冬ざれ

冬ざるゝ豆柿はあまさとほりけり

しぐれ

しぐるゝにあらぬあしおと絕へにけり

消炭たつやをふくめろしぐれかな

金沢は　しぐれをおもふ火鉢かな

来て見れぞ旅籠は庭もしぐれけり

鶏頭のくろずみて立つしぐれかな

わが家には菊まだのこるしぐれかな

山あひに日はあたりゐるしぐれかな

菜をかかへ砂利もしぐるゝたつき

誠

繭《まゆ》の中音しづまりてしぐれなる

千鶸

千鶸たやさぬ冬は深まりて

氷る
波こぼる隅田を見しよ町のあひ

あられ

水く仙比芽の二三せあられかな

しんとする芝居さい中あられかな

金澤

寒

寒ぐもろ下枝にひそむ　雀かな

冬は雨

藁ぬれてざんかのこる冬の雨

氷

にはたつみにごれるままに氷りけり

寒さ

松風の奥に寺ある寒さかな

この寒さはじき撓びけり松の枝

つらゝ

つらゝ折れるこゝろ向ふ机かな

さびしく大きいつらゝをなめて見る

梅もどき

梅もどきの洗はれてゐるけさの雪

冬がこひ

けふよりぞ冬をかこへり池の鴨

山茶花

冷やかな山茶　花こぼる庭の石

山茶花に筧はそろ丶日和かな

寒菊

寒菊の　雪をはらふも別かな

落葉

坂下れば屋根みな低き落葉かな

榾

それなかに芽の吹く榾のまじりけり

雪

かはられゆきはなぎさから消える

ゆきふるといひしぞかりのひとしづか

ゆきにとなり家はかなりやのこゑ

羽ぶとん干す日かげ雪となる

寒鮒

寒鮒のうごかぬひまも日あしかな

枯野

石負うて枯野に人のおはしける

笹鳴

日もうすれしづまる家ぞ笹鳴す

笹鳴や馬込は垣もまぞらにて

綿入

綿入に千栗はさみとゝきけり

冬の蝶

冬の蝶こがらしの里に揺びにけり

金沢に草房をゆめ見て、

鱈

薺苞や在所にもどる鱈のあご

冬木

目白がご吊せぎしなふ冬木かな

冬すみれ

石垣比あひまに冬のすみれかな

金沢、犀川

山茶花

山茶花や日ぞあたらゆく軒の霜

冷かな山茶花こぼる庭は雨

千菜

足袋と千菜とうつろ障子かな

行年

行年や懐紙をえらぶ帯の中

行年や葱青々とうら畠

新年

若菜

若菜かご雫しらじらと畳かな

山

新年は山見てあれど雪ぞふる

新年は山里なりて雪ぞふり

新年の山襞に立つ烟かな

元日や山明けうゝる雪の中

若水

若水や人のこゑする垣の間

初日

寒竹に芽の向き朝日さしにけり

雑煮

何の菜のつぼみなるらん雑煮汁

鍬はじめ
鍬はじめ　椿を折りてかへりけり

買初

買初の紅鯛吊す炬燵かな

どんど

くろこげた餅見失ふどんどかな

坂下の屋根明けてゆくどんどかな

終

定価　四百八十円
昭和三十四年三月二十日　初版
著　者　室生　犀星
発行者　竹森　久次
発行所　五月書房
東京都千代田区西神田二ノ三
電話（33）三二八一
振替　東京　三三九四三

一興印刷・猪瀬製本

翻刻『遠野集』

春

春の山

春の山らくだのごとくならびけり　朝鮮にて

立　春

七日あまりうぐひすなきて春立ちぬ

瓶の酒にいつか春日のさしにけり

春立や坂下見ゆる垣のひま

冴え返る

筆えらぶ店さきにゐて冴え返る

うらゝか

麗かな砂中のぼうふぅ掘りにけり

（「ぼうふう」昭和四年・武蔵野書院刊『魚眠洞発句集』、昭和十八年・櫻井書店刊『犀星発句集』では「ぼうふ」）

余　寒

枝のとがりにさはるにあらぬ余寒かな

ひなどりの羽根ととのはぬ余寒かな

ひそと来て茶いれるひとも余寒かな

日はありて余寒しみぬく松葉かな

残　雪

藪の中のひと町つゞき残る雪

雪凍てて垣根のへりに残りけり

春もやや

春もやや瓦瓦のはだら雪
雪ふると言ひしばかりの人しづか

雪　解
炭俵に烏樟《くろもじ》匂ひ雪解かな

春　雨
枯草のなかの賑ふ春の雨

淡　雪
あはゆきとなるひいなの夕ぐもり
あはゆきの寺々めぐりやつれけり

陽　炎
葱の皮はがれしままにかぎろひぬ

馬込村

日　永
をとめごの菜引き見てゐる日永かな

摘　草
春あさく巷《まち》の女《め》ながら摘むものか

春あさく
春あさくわが娘《こ》のたけに見とれける

晝深く春はねむるか紙しばゐ

春の夜
春の夜の乳ぶさもあかねさしにけり

同
はしけやし乳房《ちち》もねむらむ春の夜半

蝶
蝶の腹やさしくは見ゆ歯朶の上

同
蝶の羽のこまかくふるえ交りけり

春　蝉
晝深き春蝉の町に入りにけり
(「晝」は、原文「書」か)

梅の花
教科書まとめしまひつ梅の花
庭《には》さきや朝飯こげて梅の花
藁屋根にはだら雪見ゆ梅の花
梅の束もたらせてある茶棚かな

紅　梅

紅梅《うめ》生けるをみなの膝の美しき
　同
紅梅さげしをみなに道をたづねけり
　蕗の臺
枯笹や氷室のあとの蕗の臺
古垣の縄ほろと落つ蕗の臺
　ひこばえ
ひこばえに哀をいひてわかれけり
そのかみのひとおもほゆるひこばえに
　蒲公英
乳吐いて蒲公英の莖折れにけり
蒲公英の灰あびしまま咲きにけり
　木の芽
山深くなり芽立ちまばらなる
　わらび
峠路やわらびたけてぼうぼうの山
　桃の花
干鰈桃散る里の便かな

桃つぼむ幼稚園までつきそひし
　山　吹
ふるさとや白山吹の町のうら
　餅　草
餅ぐさのにほふ莚をたゝみけり
　土　筆
瓦屑起せばほめく土筆かな
　すみれ
壺すみれ茶をのむ莚しきにけり
背戸べりに菫ならびつ故山なる
いつしかに旅順に菫匂ひけり
　はたはた
はたはた干し日の永さを知る
花杏はたはたやけばかすみけり
　　　　　　金澤にて
　頬　白
頬白や耳からぬけて枝うつり
　芽ぐむ

ほそぼそと荒野の石も芽ぐみけり
満州にて

花ちる
花あはれ泥鰌もあそぶ芥沼

行　春
行春や版木にのこる手毬唄
おそはるの雀のあたま焦げにけり
行春や菫をかこふひとところ
軽井沢

夏

夏めく
靴音の記者は乙女か夏めかけろ

短　夜
近江らしく水光りゐて明けやすき

日　盛
屋根瓦こけにうもれつ日の盛り

追分
ゆとん
渋ゆとんくちなしの花うつりけり

蝉
蝉ひとつ幹にすかりて鳴かずけり
かたかげやとくさつらなるせみのから

螢
螢くさきひとの手をかぐ夕明り
蛍かご入日に移しあはれがる

栗
柴栗の柴もみいでて栗もなし
朝々や栗ひらふ庭も寺どなり

蝸　牛
蝸牛の角のはりきる曇かな

兜　蟲
炎天や瓦をすべる兜蟲

蟻ぢごく
晝深くありのぢごくのつゞきけり

鮎
鮎をやく山ざとならば寒からん
馬　蠅
馬蠅の鏡をすべり飛びにけり
かいつむり
波もない潟がくれるよかいつむり
青　梅
炭ついで青梅見ゆる寒さかな
湯が島
龍之介忌
煤けむり田端にひらふ螢かな
足袋白く埃をさけつ大暑かな
晝　顔
晝顔に浅間砂原あはれなり
鬼　灯
鬼灯やいくつ色づく蝉のから
芭　蕉
東《ひんがし》に芭蕉の花の向きにけり

歯　朶
晴れあがる雨あし見えて歯朶明り
若　葉
わらんべの洟もわかばをうつしけり
若　葉
をみなごの顔刷らせゐる若葉かな
あやめ
絲まきに糸まかれゐるあやめかな
（櫻井書店・昭和十八年刊『犀星発句集』は「絲捲きに絲まかれゐるあやめかな」）
杏
杏あまさうな人は睡むさうな
杏ほたほたになり落ちにけり
秋　待
秋待や徑ゆきもどり日もすから
秋　近
竹の幹秋近き日ざし辷りけり
秋めく

人づてもなきくれぐれの秋めきて

秋

秋の野

秋の野に家ひとつありて傾けり

山中秋

山中やただにおもふも人のうへ

秋あはれ山べに人のあと絶ゆる

秋　夕

道絶えて人呼ぶこゑや秋夕

秋の日

沓掛や秋日にのびる馬の顔

秋の日や埃くもれる古すだれ

秋

朝の茶はたれにまつらん朝ほがひ

朝　寒

朝寒や幹をはなるる竹の皮

夜　寒

鯛の骨たたみにひらふ夜寒かな

秋の水

とんぼうの羽の紋すいて秋の水

いなご

跛ひいていなごは縁にのがれけり

秋の蛍

焼砂に細るゝ秋の蛍かな

山蛍よべのあらしに消へにけり

渡り鳥

茶どころの花つけにけり渡り鳥

きりぎりす

夜のあかりととかぬ畝やきりぎりす

きりぎりすはたとやみけり畝の徑

きりぎりす夜明くる雨戸明りかな

明けかゝる高窓ひくやきりぎりす

軽井沢　四句

小　春

塀ぎはに萌黄のしるき小春かな
　水引草
日の中の水引草は透りけり
水引のたたみのつやにうつりけり
　いとど
行きもどり驛のいとどの絶えにけり
　秋　蝉
秋蝉のあかるみ向いて唖かな
　萩
手に萩のこぼれをささへ話しけり
　萩
離れにて縫物ひろげ萩の花
　菊
菊は白くしぐれとけあふ厨かな
　豆の花
道のべは人の家に入り豆の花
　秋の暮
馬の子はつながで行くよ秋の暮

冬

　木　枯
木枯や別れてもなほ振り返る
　山眠る
墨匂ふ漠の山々眠りけり
　山　中
障子洗ひ山々のやつれ見えにけり
　霙
しめなはの北なびきする霙かな
　初　冬
初冬や庭木にかはく藁の音
　寒の水
寒の水餅をひたしてたくはへぬ
　霜　夜
きざ柿のしぶのもどれる霜夜かな
　霜

燐寸買ふ霜ふけし家の蔀かな
竹の葉や垂れてうごかぬ霜しぐり
（『魚眠洞發句集』は「竹の葉の垂れて動かぬ霜ぐもり」）

冬に入る
つるぎ研ぐ白きにごりも冬に入る

冬ごもり
烏瓜冬ごもる屋根にのこりけり

とくさ
とくさまつすぐな冬の深さよ

冬ざれ
冬ざるゝ豆柿のあまさとほりけり

しぐれ
しぐるゝにあらぬあしおと絶へにけり
消炭のつやをふくめるしぐれかな
金沢のしぐれをおもふ火鉢かな
来て見れば旅籠の庭もしぐれけり
鶏頭のくろずみて立つしぐれかな
わが家には菊まだのこるしぐれかな
山あひに日のあたりゐるしぐれかな
菜をかかへ砂利もしぐるゝたつき哉
繭《まゆ》の中音しづまりてしぐれなる

干　鰯
干鰯たやさぬ冬の深まりて

氷　る
波こほる隅田を見しよ町のあひ

あられ
水仙の芽の二三寸あられかな
しんとする芝居さい中あられかな
金澤

寒
寒ぐもる下枝にひそむ雀かな

冬の雨
藁ぬれてさゞんかのこる冬の雨

氷
にはたつみにごれるままに氷りけり

寒　さ
松風の奥に寺ある寒さかな
この寒さはじき飛びけり杉の枝
つらゝ
つらゝ折れるころ向ふ机かな
さびしく大きいつらゝをなめて見る
梅もどき
梅もどきの洗はれてゐるけさの雪
冬がこひ
けふよりぞ冬をかこへり池の鴨
山茶花
冷かや山茶花こぼる庭の石
山茶花に筧ほそるゝ日和かな
寒　菊
寒菊の雪をはらふも別かな
落　葉
坂下の屋根みな低き落葉かな
榾
そのなかに芽の吹く榾のまじりけり
雪
かはらのゆきはなぎさから消える
ゆきふるといひしばかりのひとしづか
ゆきのとなり家はかなりやのこゑ
羽ぶとん干す日かげ雪となる
寒　鮒
寒鮒のうごかぬひまも日あしかな
枯　野
石負うて枯野に人のおはしける
笹　鳴
日もうすれしづまる家ぞ笹鳴す
笹鳴や馬込は垣もまばらにて
(『魚眠洞發句集』は「笹鳴や馬込は垣も斑にて」。「まばらにて」の「ば」は、「新年」の項の「山」の「雪ばかり」の「ば」に類似すると判断した)
綿　入
綿入に干栗はさみとゝきけり

冬の蝶
冬の蝶こがらしの里に飛びにけり
金沢に草房をゆめ見て、

鱈
藁苞や在所にもどる鱈のあご

冬　木
目白かご吊せばしなふ冬木かな

冬すみれ
石垣のあひまに冬のすみれかな
金沢、犀川

山茶花
山茶花や日のあたりゆく軒の霜
冷かや山茶花こぼる庭の中

干　菜
足袋と干菜とうつる障子かな

行　年
行年や懐紙をえらぶ市の中
行年や葱青々とうら畠

新　年

若　菜
若菜かご雪しらじらと畳かな

山
新年の山見てあれど雪ばかり
新年の山重なりて雪ばかり
新年の山襞に立つ烟かな
元日や山明けかゝる雪の中

若　水
若水や人のこゑする垣の闇

初　日
寒竹の芽の向き朝日さしにけり

雑　煮
何の菜のつぼみなるらん雑煮汁

鍬はじめ
鍬はじめ椿を折りてかへりけり

買　初

買初の紅鯛吊す炬燵かな

どんど

くろこげの餅見失ふどんどかな

坂下の屋根明けてゆくどんどかな

終

付記　翻刻するにあたり、墨書には濁点が付されているものとないものがあるが、濁点を付すべき箇所も、墨書のままとし、濁点を付すことはしなかった。

解説

抒情詩

室生犀星は、

ふるさとは遠きにありて思ふもの
そして悲しくうたふもの
よしや
うらぶれて異土の乞食となるとても
帰るところにあるまじや
ひとり都のゆふぐれに
ふるさとおもひ涙ぐむ
そのこころもて
遠きみやこにかへらばや
遠きみやこにかへらばや

と歌った。犀星、二十四歳（満年齢）のときの詩である。読む者の心を哀しく揺さぶる、美しい、見事な詩である。「遠きにありて思ふもの」・「帰るところにあるまじや」と言いながら、心に響く、犀星の熾烈なふるさとへの思い。我々日本人は、この詩を繰り返し読みながら、故郷に懐かしいまなざしを向けていたのではなかったか。

島尾敏雄は、『日本の作家』（おりじん書房、一九七四〈昭和四十九〉年）でこの詩について、「詩人としての感情があふれております」と言い、「不思議に力のこもったみずみずしさと野性味とがあって読者をとらえます」と述べている。萩原朔太郎は、室生の『愛の詩集』の跋文「愛の詩集の終りに」で、「室生の芸術の貴重さは、彼が人間としての人格の貴重さから出発する」と語り、「凡そ私の知つてゐる男性の中で、室生ほど純一無垢な高貴な感情をもつた人間はない。彼ほど馬鹿正直で、彼ほど子供らしい純潔と率直さをもつた人間はない」とその人柄を讃美する。そして室生の詩については「独創あるすばらしい表現」を「敬服に耐えない」といい、「およそ日本の詩壇に自由詩形が紹介されて以来、真に日本言葉のなつかしいリズムを捉へて、之を我我の情緒の中に生かしたものは、室生以前には一人も無かつた」と、室生の詩人としての卓越した才能を指摘する。

島尾も萩原も室生の詩人としての特色を見事に把握しているといえる。

俳句道

室生朝子は、『室生犀星句集　魚眠洞全句』（北国新聞社、昭和五十二年）の「あとがき」で「犀星は俳句にはじまり俳句に終った人である」・「犀星五十八年間の作句千七百四十七句」と記している。この言葉からも、室生犀星の文学生活のうえで、いかに俳句の存在が大きなものであったかをうかがい知ることができよう。また、朝子は「犀星はこまめな人であったから、頂戴物をすると御礼の葉書、手紙に一句を添えて書いていた。旧作とある句もあるが、あらたに作句したものもある」（『父　犀星の俳景』朝日新聞社、一九九二年）と記している。他にも多くの俳句が存在する可能性を暗示する言葉である。

室生犀星は、『魚眠洞発句集』（武蔵野書院、昭和四年四月）の序文で、

自分が俳句に志したのは十五歳の時である。当時金沢の自分のゐた町裏に芭蕉庵十逸といふ老翁が住み、自分は兄と五六度通うて発句の添削を乞うたのが始である。十逸さんは宗匠だつた。併しどういふ発句を見て貰つたか能く覚えてゐない。

と述べ、また、

十六七歳の頃、当時金沢俳壇で声明のある河越風骨氏に、毎週数十句を物して添削を乞うてゐた。自分の発句道を徐ろに開眼させて呉れたのも、その道に熱烈だつた河越氏に負ふところが多い。

焼芋の固きをつつく火箸かな

藤井紫影先生が北国新聞の選者だつた関係上、自分も投句して見て貰ふた。或早春の晩、紫影先生の散歩してゐられる姿を片町の通りで見て、詩人らしい深い感銘を受けた。

行春や蒲公英ひとり日に驕る

金魚売出でて春行く都かな

と記している。そのあと、「中央公論」の俳句欄に投句して大谷繞石に選をして貰ったこと、河東碧梧桐の新傾向の俳句世界にも目を向けていたことを記している。そうして、

二十五歳位から十年間、自分は俳道から遠ざかる生活をし、同時に詩も書かなかつた。自分は前の五年は市井に放浪し、後の五年は小説を書いて暮らしてゐたからである。

発句道に幽遠を感じたのは極めて最近のことであり、三十歳までは何も知らなかつたと言つてよい。幽遠らしいものを知つた後の自分は、作句に親しむことが困難であり少々の苦痛を感じた。芥川龍之介氏を知り、空谷、下島勲氏と交はり、発句道に打込むことの真実を感じた。

俳友として金沢の桂井未翁、太田南圃氏等はよき先輩であつた。自分は発句道の奥の奥をねらひ、奥の方に爪を掻き立て、耳を欹てる思ひがしたのも、極めて最近のことである。実際はまだ何も解つてゐない小僧に過ぎない。併乍自分の発句道も亦多少人間をつくる上に、何時も善い落着いた修養を齎してゐた。その美的作用は主として美の古風さを教へてくれたのだ。新鮮であるために常に古風でなければならぬ詩的精神を学び得たのは自分の生涯中に此の発句道の外には見当らないであらう。

と記し、末尾に「昭和四年二月　大森馬込村にて　著者」と記している。犀星は、俳句の世界に没入することは、自己を磨く、鍛錬道と同じものと感じていた。「発句道」とも書いている。

数々の句集

犀星の俳句は、『魚眠洞発句集』（武蔵野書院、昭和四年四月）・『犀星発句集』（野田書房、昭和十年六月）・『花霙』（豊国社、昭和十六年八月。「犀星発句集」として「昭和十三年抄・昭和十四年抄・昭和十五年抄・昭和十六年抄」として収録）・『筑紫日記』（小学館、昭和十七年六月。「勝利」と題して俳句が収録）・『犀星発句集』（桜井書店、昭和十八年八月。昭和二十一年年五月再版）・『随筆泥孔雀』（沙羅書房、昭和二十四年八月。「犀星発句集」として収録）・『遠野集』（五月書房、昭和三十四年三月）・『室生犀星全集』第8巻（新潮社、昭和四十二年年五月。「魚眠洞発句集」・「犀星発句集」と「十返花」（抄）・「犀星発句集」（抄）・「遠野集」（抄）が収録）・『室生犀星句集　魚眠洞全句』（北国出版社、昭和五十二年十一月）・『室生犀星句集』（星野晃一編、紅書房、平成二十一年八月。桜井書店版『犀星発句集』・『魚眠洞発句集』・野田書房版『犀星発句集』・『遠野集』抄・『泥孔雀より』を収録）などの書に収録されている。

こうした数々の俳句収録書を見ても、犀星が俳句の道にいかにひたむきに心を傾けていたかが分かろうというもの。犀星は、前述したが・俳句道を通して自己鍛錬の道と考えていたのであろう。

『遠野集』

『遠野集』は、表紙に「定本犀星句集」と記されており、犀星自身による墨書の句集である。「序」の末尾に「本集の墨書原稿は昭和十二年の冬に、信州軽井沢の宿でこつこつ書いた物で、その当時から墨書きの書物を思ひ立つてゐたが、機会がなく今日に至つたものである。昭和三十四年仲春　　著者」と記されている。

扉部分に芥川龍之介の「風呂桶に犀星のゐる夜寒かな」の句が置かれており、そこに、芥川に対する犀星の思いをうかがうことができる。（芥川の句は書簡等に「据え風呂に犀星のゐる夜寒かな」）

犀星は「序」で、「もっとも古い句は十七才の折の「蒲公英の灰あびしまま咲きにけり」にはじまり、「木枯や別れてもなほ振り返る」にいたる四十何年間暇あれば俳句に従つて来た」ものの、次第に「うごきのとれないやうな窮屈さが感じられ」、俳句から遠のいた時期があったと述べる。それは「自らをいま

しめることを怠つたため」と振り返っている。そして、

俳句といふものには底がない、また、その底をつかもうとする構へをもつてしてもそれはつねに無駄なことに終るらしい、何処まで行つても、素直な世界をうしろにしては、この境の何物もくみ取れないからである。様々な心の持ち方の経験からいつても、十七才の折の作句の心がけ以外には、すがつて学ばうとは思はない、こゝまで来て見ると芭蕉といふ人の多技秀才にはまつたく敬服される。（中略）

「犀星発句集」（野田書房刊）、「犀星発句集」（桜井書店発行）の二巻が十年を前後して出版されてゐるが、それらの集句はその刊行ごとに取捨選択が行はれ、「遠野集」までにすでに大部分をすてた。こんどの「遠野集」は最後の句集であるため、作句の生ひ立ちをふたゝび眼で見、心にあたらしく感じるのと同じ立場に置かれるので取捨もきはめて自然になされた。俳句はどこまで行つてもきりがなく、その行き方も私にはもう道が尽きてゐることだけが、この「遠野集」の果に見られて、道の尽きてゐることを知つたのは何より俳句といふものを知つた証拠であるやうに思えた。この外に知ることはない。

とも記している。つまり、犀星はそれまでの俳句人生に置いて作ってきた句の取捨選択を行い、行き着いたものが『遠野集』収録の百八十七句ということになる。

『遠野集』には、花木（あやめ・梅・杏・桃・萩・椿・山吹・昼顔・鬼灯・くちなし・菊・すみれ・山茶花・水引草など）の句が見える。庭や花や草木を大事にしていた犀星の心情がうかがえる。また、動物（うぐいす・ひなどり・鴨・雀・頬白・馬・蝸牛・かぶとむし・きりぎりす・蝉・蝶・蛍・とんぼ・いなご・蝿など）、自然（あられ・雪・霙）

を詠んだ句が見え、住んでいた金沢・軽井沢との関連もあるのか、雪・残雪・つらら・寒さに敏感な印象も受ける。

浅間・追分・馬込を詠んだ句があり、とりわけ、

金沢のしぐれをおもふ火鉢かな

という句があり、「冬の蝶」と題する、

冬の蝶こがらしの里に飛びにけり

の句には「金沢に草房を夢みて」という付記がある。これは、『魚眠洞発句集』に、

冬の蝶

故郷に草房をゆめ見て

冬の蝶凩の里に飛びにけり

と記されていることと関連し、犀星の日記大正十四年十二月十日の項に、

故郷に草庵を建てむことを思ひて叶はざれば、

冬の蝶凩の里に飛びにけり

寒竹の芽の向き朝日さしにけり

寒竹の折々にさはる障子かな

寒竹や埋れる石の蕭條と

と記されていることを思い出す。犀星の故郷への思いを察することができる。

芥川龍之介

犀星と芥川龍之介との親交は有名であった。それだけに、芥川の自裁には激しい衝撃を受けた。『遠野集』夏の部に「龍之介忌」として、

煤けむり田端にひらふ螢かな

の句が見える。ところで、秋の部に、

鯛の骨たたみにひらふ夜寒かな

の句が見える。大正十三年八月二十日、芥川は軽井沢から出した葛巻義敏宛の絵葉書で右の「鯛の骨」の句を末尾に記し、「これは犀星の作」と記している。室生朝子は『父 犀星の俳景』(毎日新聞社、一九九二年)で、右の「鯛の骨」の句を示し、

「夜寒」と題するこの句は、犀星の全句のなかで秀逸な俳句とされているが、何気ない旅の日のなかで作られたということが面白いし、龍之介とのつるやでの日々が、いかに文学的なものであったかということがうかがえる。

と記している。

医師で芥川龍之介の主治医であった下島勲の『空谷山房随想集　人犬墨』(竹村書房、昭和十一年。この書の跋文は室生が書いている)に、昭和二年時の日記が掲載されており、ここには下島・芥川・室生の交友も記されていて、また、室生が下島にときおり診察を受けていたことがうかがえる。三月八日の項に「夜室生君魚の小骨を喉に刺して来る。暫くにして除かる」と記されている。「鯛」ではないらしいが、魚

の骨ゆかりの記述として興味深いものがある。

大正十三年八月八日、軽井沢から小畠貞一に出した書簡で、鮎のお礼と共に「山中の夜秋多し」として、

据え風呂に犀星のゐる夜寒かな

の句を記している。芥川はこの小畠宛の手紙の少し前の七月二十八日、犀星宛絵葉書に「クチナシの句ウマイナアと思ひましたボクにはとても出来ない」と書き記している。「クチナシの句」とは、

澁ゆとんくちなしの花映りけり

のことかと思う。犀星の日記、大正十三年七月二十五日の項に、

昨夜よりの雨に道すずしく濡れたり。母きたる。田舎の新聞に己が名のときをり出てゐるは不愉快なり。

澁ゆとんくちなしの花映りけり

と記されている。

下島勲は『芥川龍之介の回想』（靖文社、昭和二十二年。題簽は室生書）で、芥川の作句について「彼ほどの天才をもつてして猶且その一句を成すまでの苦心は寧ろ惨澹というても過言ではなかつた」と述べ、芥川は下島に「僕の俳句は、これでも全く真剣だ」と言い、「僕の小説一篇」に「拮抗すべきもので、両者もとより軽重はない」と語っていたという。

芥川は、松尾芭蕉の句を敬愛していた。このことに関連して、室生は、『芥川龍之介の人と作』上巻（三笠書房、昭和十八年）で「芥川君のねらひは元禄諸家の古調や丈草、去来のさびしをりを学んでゐる訳ではない。ただ叮嚀に蕉風のねらひを今人の彼が心に宿してゐただけである。彼は元禄人が引いた弓づ

るをその的を最つと強くひいてゐるに過ぎない」と述べ、また、「芥川君の句となると、素人が俳道の奥にはいつたやうで、これを他に求めるやうなことが出来ないのである。その鋭い見方に至つては漱石のゆつたりしすぎたやうで一面に鈍重さを持つ句風とは、まるで反対であると言つていいのだ」と、その独特の句の世界を指摘する。さらに「彼は発句を余技扱ひにはせずに、殆ど其打込み方は少しの弛みも見せてゐなかつた」・「後代の史家は彼の発句を特筆してその真実的切迫を記録するであらう」（ここでは『芥川龍之介文学讀本』ではなく、後の『芥川龍之介の人と作』から引用した）と論じている。室生の芥川評は、芥川がいかに俳句道の世界でも呻吟、努力していたかを伝えるものである。犀星の「名句選釈　芥川龍之介」（『俳句講座第五巻』改造社、昭和七年）は、芥川の俳句の評釈を行いながら、そのおりおりの芥川を語っている感がある。

そして、室生朝子は前掲『父　犀星の俳景』で、

七月の二十四日。田端の自宅で、芥川龍之介は自殺をした。犀星は悲報を軽井沢で知る。すぐに上京し龍之介宅に弔問に行く。二十七日の葬儀に出席して再び軽井沢に戻る。

犀星は四六時中、三年前龍之介と共に過ごした夏の日の想い出に出あう。いかに多くのものを龍之介から貰っていたかを知る。或いはこれからはもう、このような友人は出来ぬかもしれない。龍之介のひと言、ひと言、また冗談までもが犀星の心を揺るがせ、大きな刺激になっていただけに、哀しみもまた深かったのである。

と述べているのは、犀星の芥川に対する思いを示していて感動的でさえある。

心のふるさと

犀星は室生朝子の言う「千七百四十七句」の作句をしながら、捨てて捨ててそうして残ったのが、『遠野集』の百八十七句ということになる。俳句は詠もうとする人が、詠もうとして選んだ詩語から余計なものを、切り捨て、切り詰め、削ぎ落とした末に示した世界なのであろう。そうしてまた、犀星は、自分の俳句人生を振り返り、切り捨て、切り捨てて行った末に残った作品が百八十七句であった。むろん、犀星が切り捨てた句の中には、捨て難い句が数多くある。しかし、犀星の気持は、この百八十七句が自分の句として残すべきもの、人に読まれるべき句ということになるのであろうか。

宮島新三郎が、『大正文学十四講』（新詩壇社、大正十五年）の中に、「室生氏は飽くまでも静である、穏である、情緒である。氏の作品に接すると、どんな乱れた心の状態にゐる時でも、どんな不快な気持でゐる時でも、底の方から沈静した気分を呼び起される。興奮を静めて、調和のとれた心の落着を導く何物かが、室生氏の作品には屹度含まれてゐる。その作品は飽くまでも静のシンボルである。この静の一字はよく室生氏その人とその作品とを貫く特色でなければならない」と述べていることも記しておきたい。犀星文学が「静」・「穏」・「情緒」であり、とりわけ、「静」は犀星の「人とその作品とを貫く特色」と指摘していることに、深い感銘を覚える。

室生犀星文学は、日本人の心のふるさとである。それが時代を超えて、常にその文学が万人から読まれ続けられる理由なのであろう。

付記　既刊の句集と『遠野集』に犀星が書いた句とでは、若干、字句の異なるものもある。それは『飜刻遠野集』の中で、異なる字句を書き記しておいた。なお、引用文は、原則として新漢字に改めた。各書物の刊行年も原則として奥付の表記に拠っている。

また、葉山修平の『処女出版―そして室生犀星』（龍書房、二〇一三年）は、五月書房の編集者が『遠野集』について「ありきたりの句集ではなく、先生の肉筆というか、筆で書かれた文字をそのまま凸版で印刷するという画期的なもの」と述べていたことも記しておきたい。

犀星略年譜

明治二十二年（一八八九）**八月一日**、小畠彌左衛門吉種（『室生犀星詩抄』の「年譜」には、家禄百五十石）と母（佐部ステ・山崎千賀・池田初の説がある）とのあいだに、石川県金沢市裏千日町三一番地（一説、富山県高岡市）に生まれる。生後、金沢市千日町一番地雨宝院住職室生真乗と内縁関係にあった赤井ハツにもらわれ、照道と名づけられ、ハツの私生児として届けられた。ハツにはテヱ・真道という貰い子がいた。

明治二十八年（一八九五）　金沢市立野町尋常小学校入学（四年制）。

明治二十九年（一八九六）　室生真乗の養嗣子となり、室生姓を名乗る。

明治三十一年（一八九八）**三月十五日**、小畠彌左衛門没。

明治三十二年（一八九九）　野町小学校卒業。

明治三十三年（一九〇〇）　金沢市立長町高等小学校入学（四年制）。

明治三十五年（一九〇二）**五月**、長町高等小学校中退。同月、金沢地方裁判所に就職。

明治三十六年（一九〇三）「北国新聞」の俳壇に投句。藤井紫影を知り、北声会に出席。

明治三十七年（一九〇四）**七月**、雑誌「新声」に詩「さくら石斑魚《うぐひ》に添えて」（児玉花外選）が掲載。**十月八日**、「北国新聞」に「水郭の一林紅し夕紅葉」句が、照文の名で掲載。「新声」誌上で、詩人表棹影を知る。

明治三十八年（一九〇五）　七月、小品「行く春」が「少年世界」に登載。

明治三十九年（一九〇六）「政教新聞」掲載の詩「血あり涙ある人に」で犀星の筆名を使う。

明治四十年（一九〇七）　尾山篤二郎らと北辰詩社を結社。

明治四十一年（一九〇八）　**九月**、「スバル」に詩「秋思」発表。**十月**、北辰詩社の機関誌「響」創刊。**十二月**、金沢区裁判所金石出張所に転任。

明治四十二年（一九〇九）**九月**、裁判所を退職。**十月**、「三国新聞」に入社して福井県三国へ行くが、**十二月**に退社して金沢に戻る。

明治四十三年（一九一〇）　**二月**、石川新聞社に入社。五月、上京。

明治四十四年（一九一一）　**七月**（あるいは八月？）、生活の逼迫等で帰郷。以後、数年間、帰郷・上京を繰り返す。

明治四十五年（一九一二）「スバル」や「北国新聞」に詩が掲載。「抒情小曲集」の詩が作られ始める。

大正二年（一九一三）　一月から五月まで「朱欒」に詩が掲載され、五月号には「小景異情」が掲載される。「朱欒」の詩を見た萩原朔太郎から手紙が来て、両者の交流が始まる。

大正三年（一九一四）　**一月**、前橋の萩原朔太郎を訪ねる。**六月**、萩原朔太郎・山村暮鳥と共に人魚詩社創立、**八月**、北辰詩社を異端社と名を改める。**九月**、「異端」発行。

大正四年（一九一五）　**三月**、「卓上噴水」創刊（編集・発行人室生犀星。三号で廃刊）。

大正五年（一九一六）　**六月**、「感情」創刊（編集・発行人室生照道）。**七月**、東京田端に移る。

大正六年（一九一七）　**二月**、萩原朔太郎の詩集『月に吠える』刊（発行人・室生犀星）に跋文「健康の都市　君が詩集の終わりに」（前年の十二月十五日執筆）を掲載。**九月二十三日**、室生真乗死去。家督を継ぎ、寺院を処分。**九月二十七日**、浅川とみ子と婚約。

大正七年（一九一八）**一月**、『愛の詩集』を感情詩社より五百五十部自費出版。芥川龍之介と知り合う。**二月十三日**（十六日とも）、浅川とみ子と金沢氏裏千日町の小畠家で挙式。**四月**、文学論『新しい詩とその作り方』（文武堂書店）刊。**九月**、『抒情小曲集』六百部を感情詩社より自費出版。

大正八年（一九一九）**五月**、『第二愛の詩集』（文武堂書店）刊。**八月**、「幼年時代」（中央公論）。以後、小説制作を業とする。**十月**、「性に眼覚める頃」（中央公論）。**十一月**、「或る少女の死まで」（中央公論）。

大正九年（一九二〇）**一月**、短編集『性に眼覚める頃』（新潮社）刊。**七月**、「新潮」誌上で「室生犀星氏の印象」を特集し、佐藤春夫・藤澤清造・佐藤惣之助・百田宗治・福士幸次郎が犀星の印象を述べている。**八月**、詩集『寂しき都会』（聚英閣）刊。**十一月**、小説「夏籠」が島崎藤村・長谷川天溪・有島武郎・片上伸編『現代小説選集』（新潮社）に収録・『蒼白き巣窟』（新潮社）刊。

大正十年（一九二一）**二月**、小説集『古き毒草園』（隆文館）。**三月**、小説集『香炉を盗む』（隆文館）刊、東京田端五二三番地に移る。**五月**、史実小説の第一作「九谷庄三」（新潮）発表。**五月六日**、長男豹太郎誕生。**六月**、小説集『鯉』（春陽堂）・小説集『美しき氷河』（新潮社）刊。**九月**、小説集『蝙蝠』（隆文館）刊。

大正十一年（一九二二）**六月**、詩集『田舎の花』（新潮社）刊。**六月二十四日**、豹太郎死去。**七月**、小説集『走馬燈』（新潮社）刊。**十一月**、小説集『幼年時代』（金星堂）刊。**十二月**、『忘春詩集』（京文社）刊。

大正十二年（一九二三）**一月**、『万花鏡』（京文社）刊。**四月**、詩集『青き魚を釣る人』（アルス社）刊。**八月二十七日**、長女朝子誕生。**九月一日**、関東大震災。**十月**、金沢に帰り、妻の生家に仮寓し、数日して本多町御亭三十一番地に住む。

大正十三年（一九二四）　**二月**、金沢市川岸町十二番地に移住。**三月**、小説集『肉の記録』（文化社）刊。四月、小説集『肉を求むる者』（万有社）刊。**五月十五日**、芥川龍之介、金沢に来る（十九日まで）。**六月**、小説集『彼等に』（万有社）刊。**九月**、詩集『高麗の花』（新潮社）刊。**十一月八日**、山村暮鳥死去。

大正十四年（一九二五）　**三月**、童話集『翡翠』（宝文館）刊。**四月**、東京田端に移転。**六月**、第一随筆集『魚眠洞随筆』（新潮社）刊。**八月**、萩原朔太郎の詩集『純情小曲集』（新潮社）に「珍しいものをかくしてゐる人への序文」（五月二十一日執筆）を掲載。

大正十五年（一九二六）　**四月**、「驢馬」創刊。五月中旬から六月上旬まで金沢の天徳院の寺領を借りて作庭。**六月**、『犀星小曲集野いばら』（紅玉堂書店）刊。**九月十一日**、次男朝巳誕生。

昭和二年（一九二七）　六月、詩集『故郷図絵集』（椎の木社）・随筆集『庭を造る人』（改造社）刊。**七月二十四日**、芥川龍之介自殺。**七月二十六日**、上京し、芥川龍之介宅を訪う。

昭和三年（一九二八）　**一月**、『愛の詩集』（聚英閣）刊。**四月二十八日**、赤井ハツ死去。**五月**、文学論『芭蕉襍記』（武蔵野書院）刊。**九月**、詩集『鶴』（素人書屋）刊。

昭和四年（一九二九）　**二月**、随筆集『天馬の脚』（改造社）刊。**三月**、日本戯曲全集第四十四巻現代篇第十二集（春陽堂）に「山ざと」・「茶の間」・「父母所生」・「大槻伝藏」が収録。**四月**、『魚眠洞発句集』（武蔵野書院）刊。**七月**、『新選室生犀星集』（改造社）刊、『明治大正文学全集』第四十五巻に芥川の作品と共に「幼年時代」など収録。

昭和五年（一九三〇）　**一月**、詩「敵手を待つ」（スバル）。**六月**、詩集『鳥雀集』（第一書房）刊。**九月**、随筆集『庭と木』（武蔵野書院）刊。**十二月**、『現代日本文学全集』（改造社）第四十四篇に久保田万太郎・長与善郎の作品と共に「幼年時代」など収録。

昭和六年（一九三一）　**七月**、軽井沢に別荘を造る。

昭和七年（一九三二）**三月**、小説『青い猿』（春陽堂）刊。**四月**、東京の大森馬込町（荏原郡馬込町。のちの大田区馬込町）に新築転居。**九月**、詩集『鉄集』（椎の木社）・随筆集『犀星随筆』（春陽堂書店）刊。

昭和八年（一九三三）**二月**、『十九春詩集』（椎の木社）刊。

昭和九年（一九三四）**五月**、随筆集『文芸林泉』（中央公論社）刊。**七月**、市井鬼もの「あにいもうと」を「文芸春秋」に発表。**八月**、「詩よ君とお別れする」（文芸）。**十一月**、随筆集『茱萸の酒』（岡倉書房）刊。

昭和十年（一九三五）**一月**、芥川賞選考委員（第十六回迄）。**一月**、『兄いもうと』（山本書店）・『神々のへど』（山本書店）刊。**二月**、『慈眼山随筆』（竹村書房）・小説『哀猿記』（民族社）刊。**六月**、小説『女の図』（竹村書房）刊。『犀星発句集』（野田書房）刊。**七月**、「あにいもうと」により文芸懇話会賞受賞。**九月**、随筆集『文学』（三笠書房）刊。**十二月**、『復讐』（竹村書房）刊。

昭和十一年（一九三六）**二月**、随筆集『十返花』（新陽社）。小説集『聖処女』（新潮社）刊。**四月**、随筆集『薔薇の羹』（改造社）刊。**六月**、小説集『弄獅子』（有光社）・随筆集『印刷庭園』（竹村書房）刊。「あにいもうと」ＰＣＬで映画化。**九月**、非凡閣刊『室生犀星全集』（全十三巻、別巻一）刊行（～十二年十月まで）。

昭和十二年（一九三七）**四月十八日**、満州（中国）、朝鮮へ出立。**九月**、随筆集『駱駝行』（竹村書房）刊。

昭和十三年（一九三八）**二月**、『大陸の琴』（新潮社）刊。**四月十七日**、堀辰雄・加藤多恵子の媒酌人を務める。**五月**、『室生犀星文学読本』（第一書房）刊。**七月**、『犀星短篇集』（春陽堂）刊。**九月**、小説集『女の一生』（むらさき出版部）・『作家の手記』（河出書房）刊。**十一月十三日**、妻とみ子、脳溢血で倒れ、半身不随となる。

昭和十四年（一九三九）**三月**、小説集『波折』（竹村書房）刊。**三月二十九日**、立原道造死去。**四月**、

随筆集『あやめ文章』（作品社）刊。**九月七日**、泉鏡花死去。**六月**、『兄いもうと』（山本書店）再刊。**十月**、『つくしこひしの歌』（実業之日本社）刊。

昭和十五年（一九四〇）**三月**、長編小説『よきひと』（竹村書房）・小説集『乳房哀記』（鱒書房）刊。**六月**、『美しからざれば哀しからんに』（実業之日本社）刊。**九月**、随筆集『此君』（人文書院）刊。**十一月**、最初の王朝物「荻吹く歌」を「婦人之友」に発表。**十二月**、『戦死』（小山書店）刊。

昭和十六年（一九四一）**三月**、小説・詩・随想集『信濃の歌』（竹村書房）刊・「戦死」にて第三回菊池寛賞受賞。**三月十五日**、金沢の尾山倶楽部で「文学者と郷土」と題する講演（ラジオでも中継）。以後、犀星は金沢を訪れることはなかった。**五月**、「行春」（通信協会雑誌）・「縄」（文化日本）。**七月**、小説・詩集『蝶・故山』（桜井書店）刊。小説・詩・随筆集『信濃の歌』（竹村書店）刊。**八月**、『花霙　附犀星発句集』（豊国社）刊。**九月**、『王朝』（実業之日本社）・小説集『四つのたから』（小学館）刊。**十二月**、『甚吉記』（愛宕書房）刊。

昭和十七年（一九四二）**三月**、『芭蕉襍記』（三笠書房）刊。**四月**、小説集『鮎吉・船吉』（小学館）刊。**五月十一日**、萩原朔太郎死去。**五月十五日**、佐藤惣之助死去。**五月**、自伝・随想『泥雀の歌』（実業之日本社）刊・「春日にこそ」（「文化映画」大東亜建設と文化映画」欄。**六月**、小説集『蟲寺抄』（博文館）刊・『筑紫日記』（小学館）刊。**七月**、少女文学集『乙女抄』（偕成社）刊。**十一月二日**、北原白秋死去。**十二月**、小説・随筆集『残雪』（竹村書房）・少女文学集『瞼のひと』（偕成社）刊。

昭和十八年（一九四三）**一月**、随筆・詩集『木洩日』（六芸社）刊。**三月**、王朝物『萩の帖』（全国書房）・小説　随筆集『山の動物』（小学館）・『残雪』（竹村書房、前十七年刊の再刊）刊、『萩原朔太郎全集』（小学館）刊行、監修の一人となる。**四月**、『新作品伊藤・室生・舟橋集』（有光社）に「沙魚の世界」

収録・『芥川龍之介の人と作』上（三笠書房）刊。**六月**、「ねずみの兄弟」（フレンド）・随筆集『日本の庭』（朝日新聞社）刊。**七月**、『芥川龍之介の人と作』下（三笠書房）・詩集『美以久佐』（千歳書房）・小説『我友』（博文館）刊。**八月**、『犀星発句集』（桜井書店）・『詩集いにしへ』（一条書房）刊。「蟻ノ町」七（ツヨイコヨイコ）。**九月**、『動物詩集』（日本絵雑誌社）刊。**十一月十八日**、徳田秋声死去。**十二月**、『神国』（全国書房）・詩集『日本美論』（昭森社）刊。「冬に入る」（俳句八句「実業之日本」）。

昭和十九年（一九四四）**三月**、小説・詩集『余花』（昭南書房。内容は王朝物多し）刊。**三月三十日**、編集の『佐藤惣之助集』三巻（桜井書店）刊。**六月二十七日**、津村信夫死去。**七月初旬**、家族、軽井沢に疎開。**八月中旬**、犀星、軽井沢に出立。

昭和二十年（一九四五）**三月十三日**、兄・小畠生種死去。**十月**、王朝物『山吹』（全国書房）刊。

昭和二十一年（一九四六）**一月**、『信濃の歌』（清水書房）・『信濃山中』（全国書房）刊。**二月**、詩集『山ざと集』（生活社）刊。**三月**、短編集『乳房哀記』（コバルト社）刊。**五月**、長編小説『人間街』（青木書園）・『残雪』（清水書房。昭和十七・十八年竹村書房刊と内容同じ）刊。**十月**、詩集『夕映梅花』（昭森社）・小説集『信濃山中』（全国書房）刊・「群像」創刊号に小説「山駅」掲載。

昭和二十二年（一九四七）**一月**、王朝物『玉章』（共立書房）刊・『信濃山中』（全国書房）刊。**二月**、『信濃吟行集旅びと』（臼井書房）刊。**三月**、小説集『山鳥集』（桜井書店）・『女の図』（講談社）刊。**六月**、『聖処女』（新日本社）刊。**十月**、『世界』（東京出版）刊。**十二月**、『逢ひぬれば』（富岳本社）刊。**十二月**、神保光太郎・中島健蔵編『近代絶唱詩集』（日本読書組合）に「小景異情」・「三月」・「寂しき春」・「煤だらけの山」が収録。

昭和二十三年（一九四八）**一月**、王朝物『狩衣』（玄文社）刊。**三月**、少年文学集『オランダとけいとが』（小学館）刊。**四月**、徳田秋声碑の年譜執筆。**同月**、長編小説『みえ』（実業之日本社）刊。**五月**、小説集『童笛を吹けども』（弘文堂）刊。**八月**、日本芸術院会員。**十月**、小説集『五つの城』（東西社）・小説集『氷つた女』（クラルテ社）刊。**十一月一日**、朝子、青木和夫と結婚（媒酌人は正宗白鳥）。

昭和二十四年（一九五〇）**六月**、『自叙伝全集室生犀星』（文潮社）刊。**八月**、随筆集『泥孔雀』（沙羅書房）刊。**九月**、とみ子、軽井沢の生活を切り上げる。

昭和二十六年（一九五一）　**五月**『室生犀星詩抄』（酣灯社）刊。

昭和二十七年（一九五二）　**九月**、金沢市立野町小学校創立八十周年記念に校歌を作詞。

昭和二十八年（一九五三）　**五月二十八日**、堀辰雄死去、追悼の辞を読む。**八月**、大映で「あにいもうと」を再映画化。**九月**、「堀辰雄」（文芸。秋の創作〈実名小説〉特集号）。

昭和二十九年（一九五四）　一月下旬から二月下旬まで、胃潰瘍で入院。

昭和三十年（一九五四）　**一月**、随筆「女ひと」を「新潮」に連載開始（六月迄）。**二月**、小説集『黒髪の書』（新潮社）刊。**五月**、「性に眼覚める頃」を「麦笛」と改題して東宝で映画化。**十月**、『随筆女ひと』（新潮社）刊。

昭和三十一年（一九五六）　**一月**、小説集『少女の野面』（鱒書房）刊。**二月**、小説集『舌を噛み切った女』（河出書房）刊。**三月**、長編小説『妙齢失はず』（新潮社）・『随筆続女ひと』（新潮社）刊。**五月**、「舌を噛み切つた女」を「地獄花」と改題して大映で映画化。**九月**、小説集『三人の女』（新潮社）刊。**十月**、『随筆誰が屋根の下』（村山書店）刊。**十一月九日**、「杏つ子」を「東京新聞」に連載。**十二月**、小説集『陶古の女人』（三笠書房）刊。

昭和三十二年（一九五七）　**四月**、『随筆李朝夫人』（村山書店）刊。**六月**、小説集『夕映えの男』（新潮社）刊。**七月**、『哈爾濱詩集』（冬至書房）刊。**十月**、長編小説『杏つ子』（新潮社）刊。

昭和三十三年（一九五八）　**一月**、「杏つ子」で読売文学賞受賞。**二月**、随筆集『刈藻』（清和書院）刊。**三月**、小説集『つゆくさ』（筑摩書房）刊。**四月**、「杏つ子」が東宝で映画化。**九月**、随筆集『生きたきものを』（中央公論社）刊。**十一月**、『室生犀星作品集』全十二巻（新潮社、昭和三十五年五月完結）。**十二月**、『我が愛する詩人の伝記』（中央公論社）刊。

昭和三十四年（一九五九）　**三月**、句集『遠野集』（五月書房）刊。**五月**、小説集『生きるための橋』（実業之日本社）刊。**八月**、新日本少年少女文学全集『室生犀星集』（ポプラ社）・詩集『昨日いらつしつて下さい』（五月書房）刊。**十月十八日**、とみ子死去。**十月**、小説集『蜜のあはれ』（新潮社）刊。**十一月**、『かげろふの日記遺文』（講談社）刊。**十一月**、『我が愛する詩人の伝記』にて毎日出版文化賞受賞。**十二月**、『かげろふの日記遺文』にて野間文芸賞受賞。

昭和三十五年（一九六〇）　**一月**、随筆集『翡陶』（有信堂）刊。**三月**、『とみ子発句集』（室生犀星発行）・小説集『火の魚』（中央公論社）刊。**七月**、小説集『告ぐるうた』（講談社）刊。**十一月**、室生犀星詩人賞設定（第一回は滝口雅子が受賞）。**十二月**、小説集『二面の人』（雪華社）刊。

昭和三十六年（一九六一）　**四月**、『黄金の針女流評伝』（中央公論社）刊。**五月二十六日**、初孫州々（朝巳長女）誕生。**七月**、小説集『草・簪・沼』（新潮社）刊。軽井沢矢ケ崎川畔に詩碑建立。**十月六日**、虎の門病院に入院（十七日、朝子に犀星肺癌の通知）。十一月八日退院。**十一月十八日**、日本現代文学全集61『室生犀星集』（講談社）刊。**十二月**、第二回室生犀星詩人賞は、富岡多恵子と辻井喬が受賞。

昭和三十七年（一九六二）　**二月**、小説集『はるあはれ』（中央公論社）・『古事記物語』（小学館）刊・「われはうたへどもやぶれかぶれ」（新潮）発表。**三月一日**、虎の門病院に入院。**三月十日**、『室生犀星全詩集』（筑摩書房）刊。**三月二十六日午後七時二十六

分、死去。**二十九日**、告別式、葬儀委員長は中野重治。**三月三十一日**、『随筆四角い卵』（新潮社）刊。**五月**、長編小説『宿なしまり子』（角川書店）・小説集『われはうたへどもやぶれかぶれ』（講談社）刊。未完の「好色」が「小説中央公論」に掲載。**八月**、小説・随筆集『好色』（筑摩書房）刊。

昭和三十八年（一九六三）**十月**、金沢市野田山墓地に埋葬。

昭和三十九年（一九六四）**三月**、新潮社刊『室生犀星全集』全十二巻・別巻二巻（昭和四十三年一月完結）。**五月**、金沢市中川除町に文学碑建立。**十一月**、『室生犀星詩集』（大和書房）刊。

昭和四十一年（一九六六）**三月**、『ひるがほ抄室生とみ子遺稿集』（「ひるがほ抄」編輯所）刊。

昭和四十七年（一九七二）**七月**、『憑かれた人』（冬樹社）刊。

昭和四十八年（一九七三）**八月**、『故郷図絵集』（冬至書房）刊。

昭和四十九年（一九七四）**二月**、次男朝巳死去。

昭和五十二年（一九七七）**十一月**、室生朝子編『室生犀星句集　魚眠洞全句』（北国出版社）刊。

昭和五十三年（一九七八）**七月**、『室生犀星童話全集』全三巻（創林社）、第二巻・九月、第三巻・十二月）刊。**十一月**、『室生犀星全詩集』（冬樹社）刊。

昭和五十七年（一九八二）**五月・六月**、『室生犀星全王朝物語』全二巻（作品社）刊

昭和六十一年（一九八六）**十二月**、『室生犀星未刊行作品集』全六巻（三弥井書店、平成二年十一月完結）。

平成二年（一九九〇）**十一月**、新潮11月号臨時増刊「日本の詩１０１年１８９０～１９９０」に「小景異情」が収録。

平成三年（一九九一）**八月**、『室生犀星歌集』（短歌新聞社）刊。

平成十年（一九九八）**三月**、金沢市の雨宝院前に文学碑建立。

平成十四年（二〇〇二）　**六月十九日**、長女朝子死去。**八月一日**、金沢市の生家跡に室生犀星記念館が建つ。

平成二十年（二〇〇八）　**七月**、葉山修平監修『室生犀星事典』（鼎書房）刊。

平成二十一年（二〇〇九）　**八月**、星野晃一編『室生犀星句集』（紅書房）刊。

付記　漢字は新漢字を使用しました。

参考文献

・室生犀星「室生犀星　年譜・解説」（『室生犀星詩抄』酣灯社、昭和二十六年）
・室生朝子・本多浩・小玉晃一編『室生犀星文学年譜』（明治書院、昭和五十七年）
・『犀星』（室生犀星記念館、平成十七年改訂増補）
・葉山修平監修『室生犀星事典』（鼎書房、二〇〇八年）
・室生犀星文学アルバム刊行会（代表原祐子）編『室生犀星文学アルバム　切なき思ひを愛す―歿後50年記念出版、菁柿堂、二〇一二年、「室生犀星略年譜」は星野晃一作成）
・外村彰『犀星文学いのちの呼応―庭といきもの』（鼎書房、二〇一二年）
・須田久美「室生犀星作品年譜補遺」（室生犀星研究第41輯、二〇一八年十一月）
・『室生犀星文学年譜』補遺資料紹介（二〇一八年十二月、室生犀星学会秋季大会、米山大樹作成）

など。

あとがき

私は説話文学・伝承文学に関心を抱いてきた。そうしたことで、私は伝承文学の観点から『宇治拾遺物語』や『十訓抄』、『古今著聞集』など説話文学に材を得た犀星の王朝小説を好んで読んでいた。また、やはり『今昔物語集』など説話文学に材を得て王朝物を書いていた芥川龍之介の作品をも読んできた。ふたりが王朝物を書いていたのは、ふたりの好む文学世界が似ていた、読む・書く両方の面で好みが似ていたのであろう。そうして、室生も芥川も両者共に俳句を詠んでいた。

犀星は生涯、数多くの俳句を作ったけれど、『遠野集』に書き記した句を残すことにした。（むろん、『遠野集』に収録しなかった句も残っているわけではあるが）

『遠野集』は、昭和三十四年三月、五月書房より刊行された、犀星自筆の墨書句集である。表紙に「定本犀星句集」と記されているように、犀星俳句の「定本」なのである。犀星が墨書原稿句集の刊行を思い立ったのは、昭和十二年の冬のこと。軽井沢の宿で書いていたもので、それから長い歳月が流れ、五月書房から刊行された。ともあれ、『遠野集』を読めば、犀星発句の世界を一望できる。犀星が捨てて捨てて、そうして残した一句々々に俳人室生犀星の思いが込められている。

このたび、『遠野集』を元版の姿を残して刊行できることに大きな喜びを感じている。覆刻の許可をお許し下さった五月書房新社代表柴田理加子様に心から御礼申し上げたい。

二〇一八年秋

志村有弘しるす

遠野集　定本犀星句集

発行日　二〇一九年二月二〇日　初版発行

解　説　志村有弘

発行者　加曽利達孝

発行所　鼎　書　房

〒132-0031　東京都江戸川区松島二-一七-二

TEL・FAX　〇三-三六五四-一〇六四

印刷所　イイジマ・TOP

製本所　エイワ

ISBN978-4-907282-51-6　C0092